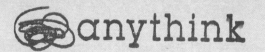anythink

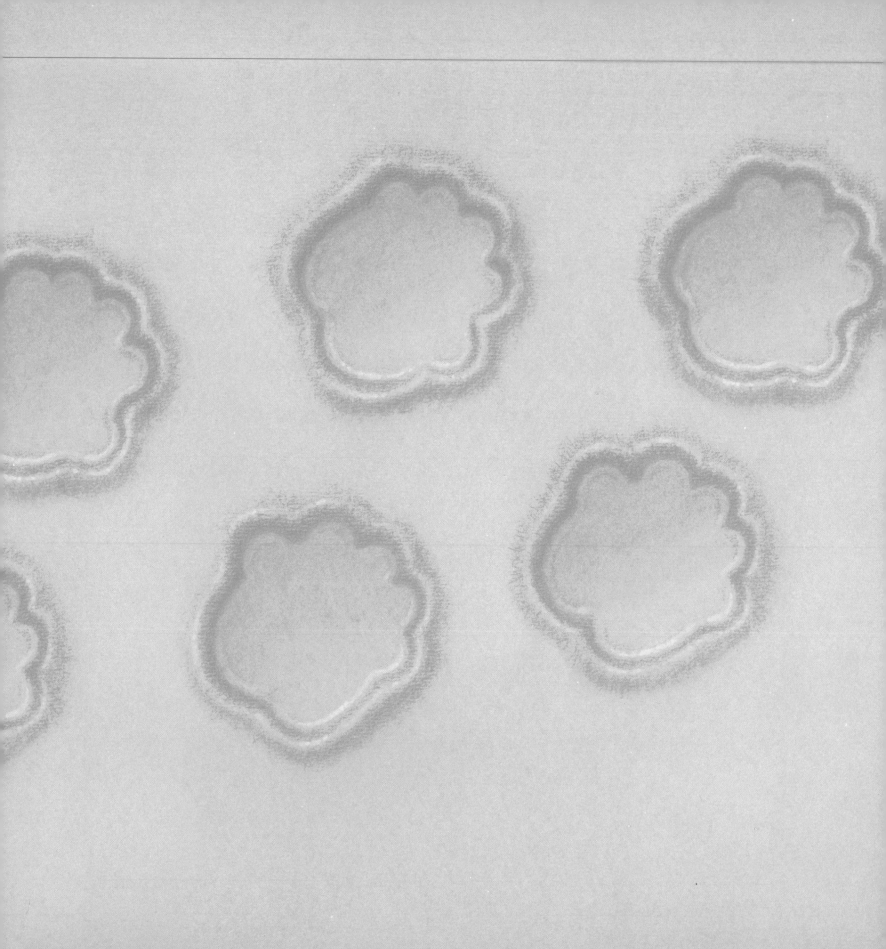

FIONA
LA PEQUEÑA HIPOPÓTAMO

ILUSTRADOR *BESTSELLER* DEL *NEW YORK TIMES*

RICHARD COWDREY

Este libro está dedicado
a Henry.

La misión de Editorial Vida es ser la compañía líder en satisfacer las necesidades de las personas con recursos cuyo contenido glorifique al Señor Jesucristo y promueva principios bíblicos.

LA PEQUEÑA HIPOPÓTAMO
Edición en español publicada por Vida
Editorial Vida – 2019
Nashville, Tennessee

© 2019 Editorial Vida

Este título también está disponible en formato electrónico.

Originally published in the U.S.A. under the title:
   Fiona the Hippo
   Copyright © 2018 by Zondervan
Published by permission of Zondervan, Grand Rapids, Michigan 49530.
All rights reserved.
Further reproduction or distribution is prohibited.

Editora en Jefe: *Graciela Lelli*
Adaptación del diseño al español: *Mauricio Diaz*
Ilustrador: *Richard Cowdrey*

ISBN: 978-1-4002-1247-7

CATEGORÍA: Ficción juvenil/Animales

IMPRESO EN CHINA
PRINTED IN CHINA

19 20 21 22 23 LSC 9 8 7 6 5 4 3 2 1

En una fría noche de invierno, una pequeña hipopótamo nació.

—¿Han oído?

—¿ya ha llegado?

—¡Ya?

¡¡¡ALERTA!!! ... ¡Bebé hipopótamo nació!

Se llama Fiona y ha nacido antes de tiempo.
Los cuidadores del zoo la abrazan
y le dan cariño. Y todo el mundo estaba presente.

–¡Ahí está! –gritó Oso Polar.
–Es muy linda –dijo Rino con un estruendo.
–Y un poco viscosa –dijo Avestruz,
mientras ojeaba con sus amigas a la
hipopótamo más pequeñita del mundo.

Fiona tenía que aprender a alimentarse de un biberón, como los otros bebés en el zoo. Y cuando estuvo lista, dejó escapar un resoplido, agitó las orejas, y dijo:

—¡Puedo hacerlo!...

¡BUUUURRRPP!

Fiona creció y se fortaleció, era hora de aprender
a caminar, como los otros bebés del zoo.

Y cuando estuvo lista, dejó escapar un resoplido,
agitó las orejas, y dijo:
—¡Puedo hacerlo!...

y

**SE TAMBALEÓ,
TAMBALEÓ
y ¡CAYÓ!**

Lo intentó una y otra vez,
hasta que lo consiguió.

La pequeña Fiona siguió creciendo,
y ahora tenía que aprender a nadar,
como los otros bebés del zoo.

Y cuando estuvo lista,
dejó escapar un resoplido,
agitó las orejas, y dijo:
—¡Puedo hacerlo!

Fiona creció y creció
y se hizo más fuerte.
Y los animales del zoo estaban
muy orgullosos de ella.

—Miren a nuestra bebé.
—Tan redondita.

—¿Cuándo podrá salir a jugar?

Pero Fiona estaba muy ocupada.
Seguía creciendo y aprendiendo
cosas nuevas todos los días...

¡Me encantan LAS BURBUJAS!

Al mismo tiempo que los animales y los cuidadores del zoo la observaban, todo el mundo la miraba también.

Pronto la pequeña hipopótamo acumuló una montaña de cartas de sus admiradores que decían: «¡Felicidades, Fiona!», «¡Eres increíble!», «¡Te queremos mucho, pequeña bebé!».

Entonces, un día cuando ya había terminado de comer, caminar y nadar, Fiona dijo:
—¡Quiero ir al agua con ELLOS! —Viendo a los dos grandes hipopótamos en la piscina—.
Quiero ir con mi mamá y mi papá.

Fiona ya era lo suficientemente fuerte para nadar con sus padres.
Y ¡estaba lista! Dejó escapar un resoplido, agitó las orejas, y dijo:
—¡Puedo hacerlo! — Y nadó con su mamá por primera vez.
—Guau, ¿tendré dientes tan grandes? —preguntó con ilusión.

Fiona también fue a nadar con su papá.
—Guau, ¿será mi trasero tan grande?
—se reía jugueteando.

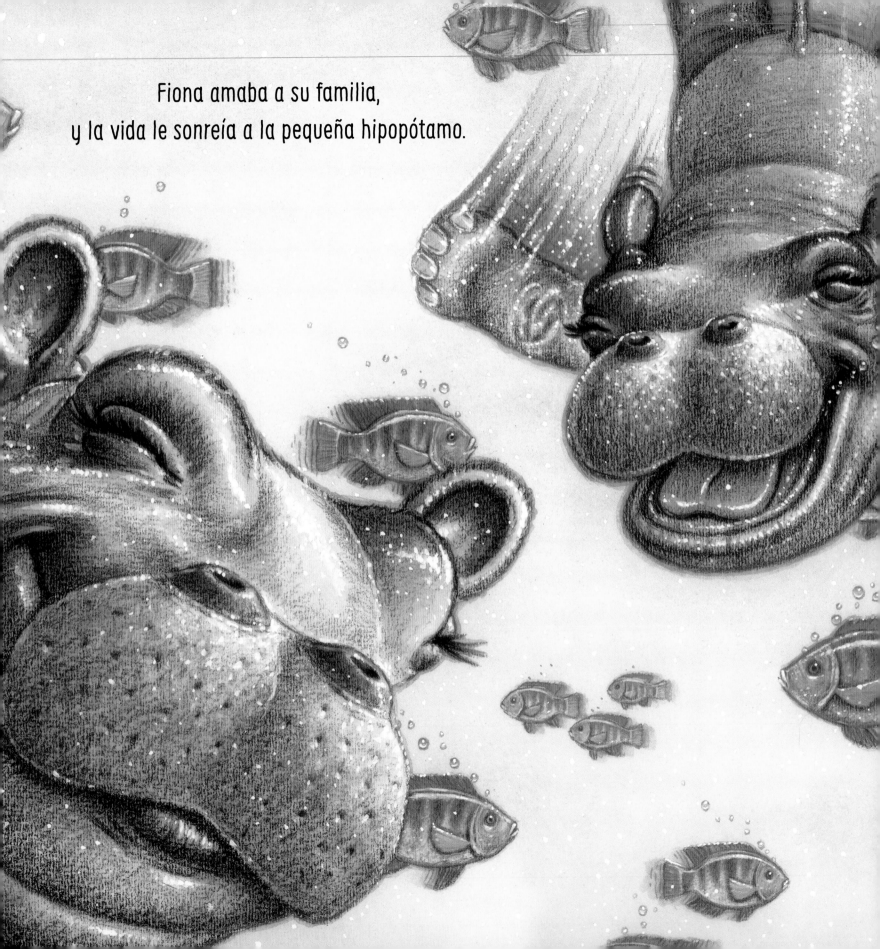

Fiona amaba a su familia,
y la vida le sonreía a la pequeña hipopótamo.

Pero le faltaba algo. Por mucho que amaba a su mamá
y papá, ella quería algo más.
—Quisiera tener amigos con los que jugar —dijo.

—Han oído eso.

—Nos toca ahora a nosotros jugar con la pequeña.

—¡Ya era hora!

Y uno a uno, los animales se unieron
a Fiona en la fiesta más grande
que el zoo jamás había tenido.

Esa noche, Fiona se acurrucó con su familia. Ella era más grande.
Más fuerte. Más feliz. Y ellos amaban a Fiona.
—Duérmete, pequeña hipopótamo —dijo mamá—.
Tu próxima gran aventura está a vuelta de la esquina.
Mientras se dormía, Fiona susurró:
—¡Puedo hacerlo! —Y se durmió.